句集

みくまり

大石きみ子

文學の森

序

山桜みくまりに散る行方かな

句集『みくまり』の名は右の句から取られた。まず「みくまり」という古い大和ことばが美しい。新潟に近い会津山中で出会った状景であるという。ちょうど山桜が散り始める時期であり、山中の清らかな水源に散り込む落花の行方を大石さんは思いやったのである。稲作を知ったわれわれの遠い祖先はこのようにして水の公平な分配を考えたのであろう。流れはいくつかに分岐して麓の田園地帯へと下って行く。そこに広がるのは、典型的な日本のふるさとの光景である。さくらの語源は「神のお乗りになる尊い座《くら》」であるという説もあり、稲作を守り給う山神の象徴でもあろう。里人は山桜を仰ぎながら稲作の指針としたのである。

大石さんが成長したのは、水の音に満ち満ちた日本の典型的なふるさとである。豊かな詩情の原点が、この故郷に横たわっている。

字小字つなぐせせらぎ蕗の薹
うぶすなの小流れに摘む芹薺
菜の花や一列でゆく峡の子等
花茨水場につづく獣道
藁屋根に音なき雨や初燕　（『角川俳句大歳時記』所載）
百年の重き引き戸や柿若葉
いつ来ても素足に畳生家かな
三眠の夏蚕に村の闇深し
踊りいま佳境の頃や仔牛生る
訪ふごとに変るふるさと百日紅
名所なぞなき邑むらの山紅葉
山峡のはや灯りたる秋時雨

雁渡る山裾に街ひきあつめ
古文書に一揆の仔細冬の蔵
冬耕や空一枚を背に負うて
冬菜萌ゆ永くこの方鍬持たず

この句集の序文を書くにあたって、大石さんに「お生まれはどちらですか」と訊ねたところ、「有名な場所ではありません」という答えが返ってきた。名所旧跡などない村であればこそ、懐かしい「田舎」がそこに残されてある。私の愚問に対する答えはこの句集に十二分に秘められていた。そしてそれらは日本人に共通する心の原風景にほかならない。その懐古の中心に父母の面影がある。

さわさわと注連綯ふ父の影法師
胡麻叩き母は秩父を出でざりき
手の皹や疎開のころの母の文
浴衣裁つ母の秘宝の鯨尺

正座して月見る母の丸き背
花合歓や文字うすれゆく母の文
身ほとりに父母のぬくもり盂蘭盆会
繭玉は夢みるによし母の里
無言にて父よ母よと門火焚く

この句集は戦死なさった兄上への追悼句から始まることに注目したい。つまり、兄上を偲ぶ思いが全編を通じて流れている。故郷回顧のそここに兄を失った大きな悲しみがちりばめられる。加えて息子を失った母への哀憐の情は一層切ないものだったに違いない。そして、悼みは平和への限りない希求となる。

黄砂吹くかの地の土となりし兄
天翔る駿馬の鬣は兄の鬣
基地跡に兄の声してほたるの夜
彼の世から兄の横笛望の月

もつれ糸ほどきぬ十二月八日
戦禍の碑白粉花に囲まるる
梅一輪いくさなき世に香りたつ

一方、幼い子供を詠った句には、ふるさとでの兄姉妹たちとの子供時代の思い出とともに、ご自身のお子さんやお孫さんの愛らしさを独自の感性で捉えてメルヘンの世界を展開する。

その日から寝ても覚めても兜虫
湯上りをするりと逃げし児の涼し
ぶらんこや宇宙に向かひ漕ぎだせり
をさな子にあまたの天使春の雪
サンタへと書いて又消す結露かな
風花やあの子が欲しと童歌

大石さんを語るとき、ここ何年間かの病気のことに触れないわけにはいかない。詳しくは聞いていないのだが、心臓の手術のあと、何度も具合が悪くなって入退院を繰り返しておられる。その入院の合間を縫うようにして「蘭」の新年会、鍛練会、同人総会、東京例会等々にまめに出席しておられるのには感心させられる。

青嵐ゆるりと溶かす舌下錠
点滴に繋がれ眺む夕焼富士
巣作りの燕眺めて臥す身かな
退院の日も踏青の日も遠からず
予後の身の耳聡くなり初音かな
夏草の勢ひ羨しや予後の身に
予後の身は易きにつきて心太
吸ふ息に硬さ覚ゆる霜の朝

さらに身体障碍で永く入所しておられるK同人への慰問も毎月つづけてくださっている。俳句は病床でも作れるという大きなメリットがある。

身体の不調とつきあいながらの生活であるが、その中で強靱かつ柔軟な人生観を養っておられるのに違いない。これも俳句という文芸のたまものでもあろう。いつも明るい声で対応してくださるのでほっとする。

いつしかに虫の夜となり方丈記
藷の蔓曳けば昭和のぞろぞろと
人の死や風爽やかに吹く日にも
字余りのやうな余生や蓬餅
隠し味ほどの幸せ葛の花
露の世に露と知りつつ永らへて
こはしてはまた積む積木春の雨
草の絮群るるや風になりたき日
仮の世にほのかに匂ふ冬牡丹
凍滝のうらに命の水ひびく
人の世の明りを遠く蛍舞ふ

朝鳥に雪折れの竹真青なり

一句目の「方丈記」の作品には、災害の多い国に住む日本人特有の「無常感」や「もののあはれ」をも彷彿とさせるが、おおむねどの句にも生命追求の明るさ、前向きの姿勢が見られて嬉しい。

次の二句は花巻鍛練会のおりの作品であり、われわれの記憶に新しい。この句集には共にご一緒した旅の思い出の句も多い。

賢治なき賢治の里のかたつむり
淋しさの積もる套屋《うわや》の蜘蛛の糸

大石さんが俳句の会にお出掛けになるのを、心配しながら背後から見守っておられるご主人の姿を思う。ご主人もまた万葉集はじめ古典文学を愛読しておられるとのこと、大石さんの俳句に対しても深い理解を抱いておられることとお察しする。ご主人も子供時代に日本の敗戦を体験なさったことが次の俳句から伝わってくる。

まだ飢ゑを夢にみる夫沖縄忌

夫帰国

「日本は佳い」としみじみ新茶かな

父の日の書斎にそつと娘の手紙

父の座を空けて父の日祝ひけり

振り向きて枯野の漢山を見る

妻として、主婦として母として一生懸命生きてきたごく普通の一人の女性が、片や趣味として始めた俳句がやがて生き甲斐となり、永年の積み重ねを一冊の句集として世にのこすということは実に素晴らしい。

小さな俳句の大きな力を思わずにはいられない。

平成二十八年二月二十八日

松浦加古

句集　みくまり*目次

装丁　杉山葉子

句集　みくまり

初燕

平成十一年〜十五年

黄砂吹くかの地の土となりし兄

会釈して径ゆづり合ふ梅見かな

藁屋根に音なき雨や初燕

風薫る文清らかな招待状

詫び言ふに素直になれしえごの花

片陰に身を細め佇つ杖の人

黒髪を誇りし頃や遠花火

草刈女動き朝もや動きだす

祭笛生家の縁の肌ざはり

母の忌をすませ端居の姉老いぬ

翻る葛の葉うらの白き風

閼伽水に行きあひの雲昼ちちろ

暫くは夢路を通ふ虫時雨

客去りし座敷の広さ秋の声

妊りし子の身気遣ふ夜寒かな

風邪十日やつれし顔に紅をさす

もつれ糸ほどきぬ十二月八日

平凡を倖せと詠み年暮るる

万歩計恵方参りのつれとして

慈しむ吊して飾る手縫雛

花の夜の家内工房三春でこ

山桜みくまりに散る行方かな

留守電に郭公の声入りゐたり

浴衣裁つ母の秘宝の鯨尺

木苺を一粒口に旅の空

千仞の渓になだれて花茨

睡蓮の白泛きそむる暁の沼

蟻の荷のがくりと傾ぐ石の道

灯台へ近道のあり法師蟬

里山を知りつくしたる茸狩

こすもすの影に隠れし砲座跡

積置きし本を繙く良夜かな

菊自慢聞く羽目になる昼の縁

山襞の翳りの疾さ夕紅葉

手の皹や疎開のころの母の文

次女結婚

ウェディング小春日和を賜りし

母恋ふやきりぎしを飛ぶ波の花

滝つらら丈余の渓にかかりけり

風光りくるりと廻る一輪車

末黒野に土の匂ひを醸す雨

風を読む達人の率く野焼きかな

錫杖の鈴ひびき来る彼岸西風

百千鳥光あやなす山上湖

野良猫の縋りくる目や花の冷

咲ききつてつつじが丘の大夕焼

羅の母若かりし夢のなか

薔薇園の馨のなかの旅愁かな

田園の広さ自在に夏燕

自動ドア香水の香の流れけり

ソプラノの余韻に浸る夏館

訪ふごとに変るふるさと百日紅

渺茫と無月の海に光あり

注連張るや氏子総出の山社

一穂の灯に冴返る観音堂

白き梅手向けて母の忌を修す

渓水の蛇籠にあふれ甲斐の春

癒えし目に雨やはらかき菜の花忌

涅槃図の寺へいざなふ太鼓橋

大利根の流れ逆立て春疾風

なびきそむ空あをあをと鯉幟

とつぷりと十薬の暮れ星の界

薫風や母子像の嬰指ひらき

青葉木菟山国の夜の更けやすし

放ち飼ふにはとり呱々と麦の秋

穫れ高を目で計り合ふ青田かな

打ち水の庭にはなやぐ京言葉

夏落葉時雨亭への廻り道

縄一本たがへず組みて鉾を建つ

白玉にふるさと遠くなりにけり

胡麻叩き母は秩父を出でざりき
枝豆が届き大鍋さがしをり
ちちろ鳴く闇に眠らすワイン樽

秋暁の野に広がれる牛の鈴

浮世絵にある丁子屋のとろろ汁

冠雪の富士より明くる山の宿

一葉落つ迷路のごとき港街

草紅葉静けさに道続きをり

駅長の指呼晴れやかに柿すだれ

絵画展銀座の空を去ぬ燕

尾根筋のまだ暮れのこり紅葉焚く

茶の咲いて上毛三山雲とめず

がうがうと風吹く夜の牡丹鍋

風吹くや一艘ごとの注連飾

お降りや母の席なる一の膳

無住寺の屋根葺く衆によき日和

麦青む子に良縁の話して

蕗味噌を仕上ぐ夕べの雨しづか

陽炎の絶壁に垂る赤ザイル

手作りの雛を飾りて二人なり

一輪の梅に執せるカメラマン

花陰やねむたき嬰を深抱きに

荷を解きて煎茶のうまき花疲れ

十薬や陣屋に残る馬繋ぎ

花合歓や文字うすれゆく母の文

山鳥や捨て畑に熟る桑いちご

老鶯の声しきりなり能楽堂

万緑に吸ひ込まれゆく川下り

安曇野の風の親しや花林檎

三眠の夏蚕に村の闇深し

何事もなき日の夕べ実梅落つ

鐘ひびく青き山河よ原爆忌

軽口にあひづちをうつ花野道

森深く光あたらぬ毒茸

看とりきて傾く月の蒼さかな

手向花剪れば零るる露の玉

しみじみと母の衣とく良夜かな

相輪にとどまる入り日雁の列

名所なぞなき邑むらの山紅葉

オルゴール止み黄落のしきりなり

海鳴りや軒先暗き冬構

いとへよと泥葱に添へ兄の文

夜の秋

平成十六年〜十八年

町名に江戸の名残や出初式

しつけ抜く絹のきしみや着衣始

繭玉は夢みるによし母の里

仮の世にほのかに匂ふ冬牡丹

字小字つなぐせせらぎ蕗の薹

海風に押されて野火の走りけり

一鳥の来て老梅に影しをり

菜の花や没り日を惜しむ岬の端

橋桁に水位の跡や葦の角

浮雲の影を棚田に入彼岸

退院の日も踏青の日も遠からず

ライトアップに桜疲れてゐたりけり

大寺の廻廊の冷え飛花落花

アルプスの水の流るる山葵沢

湯上りをするりと逃げし児の涼し

百年の重き引き戸や柿若葉

早暁の湖面の澄みや五月富士

花茨水場につづく獣道

船の灯の揺れて近づく月見草

人影に寄り来るうぐひ芙美子の忌

青嵐ゆるりと溶かす舌下錠

百合の香や書かねば言葉すぐ忘る

花合歓や誰彼もなく嬰笑ふ

青き香のほのと茅の輪をくぐりけり

そびらより姉老い給ふ夜の秋

魚跳ねて潮入り川に秋の声

身ほとりに父母のぬくもり盂蘭盆会

秋澄むや古本市の案内来る

霧流れ仔を連れて猿枝渡る

空深し谷戸に沸き立つ稲雀

不揃ひの秋茄子並ぶ朝の市

ねこじやらし夕日の荒ぶ底無し田

山峡のはや灯りたる秋時雨

注連張りて老杉に神迎へけり

耳聡くふるさと訛年の市

行く年の幸ひの木を購ひにけり

茜雲足で踏み込む落葉籠

子らそろひ家の膨るる年の夜

若水やいのちありての今朝の富士

桑枯れて野面を鳴らす風の音

冬耕や空一枚を背に負うて

明日香・創、受験

武蔵野の風まだ粗き大試験

梅の香や静かに侍る盲導犬

多摩川の流れ弛むやかの子の忌

菜の花や一列でゆく峡の子等

あだしのや蝶と遊べる仏たち

浮雲の影おとしゆく雪解村

教会へ続く坂道花ミモザ

鶯の鳴きつぐ里の妹の墓

こはしてはまた積む積木春の雨

弥陀語る法主《ほっす》ほそ身に花の雨

碑にひびく波濤や桜東風

水源の苔むす祠遠郭公

更衣一つ二つは若く見え

基地跡に兄の声してほたるの夜

露涼し裾野に仔馬あそびをり

もぎてまづ母に供へし早桃かな

供花たえし兵士の墓や蟬時雨

漆黒の湖を切裂き揚花火

千本釈迦堂

身にしむや柱にのこる槍の痕

十哲の御堂に籠る秋の声

翁の碑に雨まつ萩の枝垂れかな

正座して月見る母の丸き背

野の錦ウェディングの鐘鳴りわたる
草の絮群るるや風になりたき日
雁渡る山裾に街ひきあつめ

山小屋にともる灯りや茸汁

北の庄夕日に熟るる木守柿

貼り終へし障子明りに和みけり

洗ひあげ光の粒や冬苺

霊峰に一礼なすや春着の子

凍てつきし四方の山々奥信濃

盆梅を一輪咲かせ寺の市

陶房に並ぶ小皿や風光る

翌檜や眼一途の受験生

篊原に小舟四五艘霞みけり

禅堂に光一条花辛夷

月朧西銀座にて別れけり

木の芽和へ湯宿に古き大時計

春塵を払ひて椅子を並べけり

地図になき路地に迷ひて春の雷

雲の峰見ゆる座敷に通さるる

長老の手塩の牡丹散らす雨

青葉木菟夢は晴耕雨読かな

知覧にて　二句

献灯の並ぶ知覧に風薫る

基地跡の兵舎を濡らす花の雨

街薄暑監視カメラのこちら向く

町角のからくり時計梅雨に入る

飢餓の碑のうすれし文字や時鳥

遺骨なき墓に詣でて老いにけり

子の読みしアンネの日記遠花火

無言にて父よ母よと門火焚く

夜半に鳴る秋の風鈴母を恋ふ

爽やかや右脳左脳に風通し

安曇野や道を振り分け蕎麦の花

諸の蔓曳けば昭和のぞろぞろと

小鳥来る膚にひんやり聴診器

戦中の話に及ぶ芋煮会

癒されし馬の並歩馬場小春

着ぶくれて湯浴みの馬を見てゐたり

海凪ぎて冬三日月をあげにけり

蕭条と明るき雨の大枯野

足るを知る齢となるや枇杷の花

癒されし母の葛湯や遠き日々

さわさわと注連綯ふ父の影法師

一山の神に仏に注連飾る

虫の夜

平成十九年～二十一年

航跡は末広がりの初茜

うぶすなの小流れに摘む芹薺

凍滝のうらに命の水ひびく

海光のきらりと絡む干若布

とまどひし暗証番号春の闇

海凪ぎて椿祭や流刑の地

妹の煙ゆるり消えゆく花の空

物言はぬ一日となりぬ薔薇の雨

葎若葉子は東京に住み慣れて

、

卯月野の靄の彼方の少年期

桑の実や故郷があり日が匂ふ

どの沢も水豊かなり花山葵

天城嶺の精気を四方に鮎太る

夜叉王の面に深む梅雨の闇

父の日の書斎にそつと娘の手紙

神の井に光るコインや時鳥

巨石《おおいし》に若き石工の三尺寝

肩書のなき気楽さや冷奴

友去りて言葉残るや夜の秋

朝寒やビビッとはしる静電気

踊りいま佳境の頃や仔牛生る

虫の夜や雨戸一枚引かでおく

大花野せんせいも乗る縄電車

落日や刈田に礼を深うせり

柞の実拾ひ拾ひて子に還る

奈良　二句

たんぽぽの返り花咲く仏道

悠久のわらひ仏や冬日燃ゆ

鷹現れて枯れ極まるやいらご岬

木枯しやココアを熱く一人の夜

去りし人留まる人へ寒の月

巫女《かんなぎ》の匂ふ若さや破魔矢受く

飢ゑ知らぬ子に太箸のあらあらし

行き違ふ言の葉淋し寒牡丹

風花やあの子が欲しと童歌

稿了へて寒九の水を飲みほしぬ

瓦斯灯のともり春めく港町

民家園にて　二句

炉辺の子に語る嬶座のボランティア

春遅々と土間に農具の眠りかな

ぶらんこや宇宙に向かひ漕ぎだせり

触地図に手を触れ入る春の園

うぐひすや介護施設の窓開く

四方からの風四方へ去る春の山

キーを打つ音の湿りや菜種梅雨

手話の五指たをやかに揺れ藤の風

こどもの日福耳の嬰よく笑ふ

老鶯や旧街道に迷ひ入る

梅雨寒や昨日の言を悔いてをり

母の忌の空の広さよ夏燕

東下駄母の好みし泥鰌鍋

古稀すぎのワルツの夫よ涼やかに

いつ来ても素足に畳生家かな

電子辞書西日に文字の薄れけり

妹偲ぶ

携帯にのこる声あり夜の秋

秋扇たたみてよりの話かな

パン種をねかすちちろの闇深し

泣きにきし娘を諭す虫の夜

崩れ簗少年石を投げてゐる

山鳥や古刹の膳の新豆腐

山葡萄光とびちる水車かな

古寺巡りひと日の帰依や菊日和

霞ヶ浦　三句

予科練の碑に佇むや冬帽子

予科練の歌口笛に湖小春

浦風のままに身を置く浮寝鳥

古文書に一揆の仔細冬の蔵

着ぶくれや大江戸線は地下の地下

煤逃げや岬の端に来たものの

砂時計ぼろ市に見る過ぎし日々

神鈴に御堂飛びたつ初雀

どんどの火高くあぐるや過疎の村

猛禽のこだまにしづる雪

今朝の雪雨にかはりし久女の忌

鍵ひとつどこにも合はず春の闇

斑雪一列にゆく托鉢僧

一言の重み授かり卒業す

子育ての真つ只中やチューリップ

浮雲の一つも過客山笑ふ

うねり来る男波に現るる鰆かな

御僧に伽羅の香ありぬ仏生会

養花天過ぎゆくものの美しく

紅薔薇の雫を指に移しけり

一途とは美しきかな今年竹

山清水掬み合ふ旅の一会かな

花菖蒲宿場に飾る糸車

新緑や素顔見せ合ふ旅の朝

飛ばされて鷗となならむ夏帽子

香水のほのかな席を譲られし

親指のグッドのサインタ焼空

帰省の子ひねもす眠る奥座敷

盆僧の自動ドアよりまかりけり

姉逝きし朝蜩の賑ぎにぎし

来し方は問はず語らず虫の宿

闇に現れ闇に消えゆく風の盆

木犀の香のなかをゆく竿竹屋

水底の影と流るる落葉かな

浜辺にて名をよばはるる冬初め

とある日の鴨のきてゐる町の川

ひだり奈良鍵屋の辻の鷹の天

俳聖殿笠くれなゐに冬茜

枯れ急ぐ木立の中や水の音

芒原

平成二十二年〜二十四年

花丸や孫の書初アートめく

駅伝の欅に込むる淑気かな

大空を我が物にして梯子のり

猛禽の声を吸ひ込む雪の渓

片手六方乗り出して観る初芝居

立春の太平洋の端に佇つ

桃咲いて桃子七歳誕生日

失せ物の不意に現るるや春一番

ホスピスや菜の花化して蝶となる

笑ひ声垣を越ゆるや石鹼玉

目借時資料の数字をどり出す

郭公の次の一声樹下に待つ

遠き日の母の訓へや茄子の花

人の世の明りを遠く蛍舞ふ

訪なうて不意打ちを食ふ水鉄砲

佐渡　四句

あご跳ねて遠流の島の通ひ船

空き瓶に萱草一花流人塚

風さわぐ鵺啼く夜の能舞台

鉄路なき島を自在に夏燕

夕鐘の余韻消え行く茂りかな

青薄風生む丈となりしかな

乳母車西瓜をひとつ乗せてゆく

かなかなや御巣鷹山に灯の点る

演習の止み満目の芒原

また一人川を見に来る秋出水

峠にて別るる釣瓶落としかな

冬の鵙鎌倉街道不意に現る

接岸の船のあか錆時雨月

身を反らし笑ふ羅漢や文化の日

花時計葉牡丹の渦ほどけゆく

雪吊りの影を乱せし鳥の水脈

蒼穹へ欅大樹の枯れつぷり

つねこ先生

逝きし師に黙禱ささげ納め句座

縫初や夫のボタンを一つ付け

弾かれて弾き返して喧嘩独楽

蒼穹の知る誓ひあり成人祭

土牢に永久の湿りや冴返る

草萌ゆる寝転びて聞く地の鼓動

地震の地を只祈るのみ春の月

普段着のままの花見となる夕べ

緑なす幹に命の水の音

騎馬戦にをなご大将若葉風

目つぶれば音も景なり若葉風

この色はふるさとの色麦の秋

甲斐にて　三句

神鶏の潜る茅の輪を潜りけり

山麓に亡ぶ部族や夏落葉

初蛍一会の夜の武田節

黒揚羽放射線量ただならず

静かさは水音にあり夏料理

手つかずの幾年のあり百日紅

熊笹に包まれ鮎のクール便

東日本大震災

両陛下礼ふかぶかと梅雨の海

涼しさや葛の裏風身に浴びる

星祭歳々変る願ひごと

覗かれて鯉ひるがへる今朝の秋

人の死や風爽やかに吹く日にも

朝粥の白さまばゆし菊日和

その奥の見事な萩やお止め石

湖明り紅葉明りに男体山

野は枯れて円空仏に薄日さす

遅れ来て先に帰るや冬帽子

トンネルを出できし電車初日受く

一椀に青き山河や薺粥

つつがなく子の棲む街を恵方とす

棒杭に渦起こしゆく雪解水

蜆汁昼やむといふ雨やまず

神の杜なんぢやもんぢやに鳥の恋

明るさのある雨空や花ミモザ

それぞれに進路が決まり花は葉に

眼帯のとれ新緑に目を慣らす

「日本は佳い」としみじみ新茶かな

夫帰国

歩行者天国右往左往の日雷

まくなぎや病めば子供に諭さるる

点滴に繋がれ眺む夕焼富士

夏草の勢ひ羨しや予後の身に

夏痩や人には告げぬ事ありて

裏路に風のみちあり祭笛

彼の世から兄の横笛望の月

今日を鳴きあと幾日や秋の蟬

隠し味ほどの幸せ葛の花

いつしかに虫の夜となり方丈記

露の世に露と知りつつ永らへて

喜多院

色なき風昔を今に化粧の間

整列のでこぼこにして運動会

流星の迅さに願ひきれぬこと

万の杉しづめ御岳の霧ふかし

茶の咲いて幾光年の水の星

落武者の越えし峠や青鷹《もろがえり》

ハチ公の里で味はふきりたんぽ

冬菜萌ゆ永くこの方鍬持たず

兜虫

平成二十五年～二十七年

双六や賽の目一つの浮き沈み

朝鳥に雪折れの竹真青なり

三層の塔三層の雪雫

日本的美人と遇ひぬ梅見茶屋

ふらここや繰返さるる同じ問ひ

囀りの中きて閑か父母の墓

つちふるや昼をも灯す肥後の国

日暮れまで歩いてしまふ春野かな

字余りのやうな余生や蓬餅

花過ぎて弛みしままの螺子一本

青葉若葉うしろ歩きの案内嬢

結葉や降嫁の道の関所跡

花巻　四句

鍵かけぬ村に広ごる青田風

賢治なき賢治の里のかたつむり

淋しさの積もる套《うわ》屋《や》の蜘蛛の糸

山荘の壁の崩れや夏炉寒

鐘涼し鐘を出でゆく鐘の声

釣られゆく鮎一瞬を輝かす

金色の鴟尾を眩しむ蟻の列

その日から寝ても覚めても兜虫

八月や罪なき人の忌を重ね

呼び合うて濃霧の山を下りけり

姉老いて涙脆くて秋彼岸

御陵広し玉砂利白し秋の声

旧街道木の実は木の葉鳴らし落つ

小鳥来る片言喋る籠の鳥

箱根

丹の鳥居湖面に揺らす時雨かな

雪搔きを雪掘りと言ふ越の人

この街に棲み幾度の除夜の鐘

母に似し姉の仕種や着衣始

天翔る駿馬の爪は兄の爪

予後の身の耳聡くなり初音かな

しなやかに雪跳ね返す若き竹

季ならぬ雪に脆くて大都会

せせらぎに居住まひ正す座禅草

雪解水末広がりに野を奔る

タンカーはゆるりと沖に焼栄螺

春の野や人遠くなり近くなり

磯遊び時々母を確かむる

新樹光笑ひ閻魔に手招かれ

サーファーの波の裏より現はるる

鉢の木や鎌倉街道蟻走る

五百羅漢白雨のあとの澄まし顔

難解の若者言葉日雷

走馬灯眠れぬ夜の羊たち

予後の身は易きにつきて心太

海水帽ゆたかな髪を隠しけり

海みつつ授乳のひとや緑陰に

橋の影水に揺るるや今朝の秋

先代と似たる僧侶や魂祭

ひらがなのやうな余生や秋の蝶

次の世を信じて枯るる祈り虫

御神木へ恐れながらと蔦紅葉

鵙鳴いて宿の遠景乱れけり

秋晴や生れし雲と消ゆる雲

田の神も小鳥もあそぶ日和かな

何事もなきが如くに山眠る

黒潮に真砂女の里の牡蠣育つ

頼朝のほこらにひびく冬怒濤

吸ふ息に硬さ覚ゆる霜の朝

ふかぶかと山車の眠るや十二月

梅一輪いくさなき世に香りたつ

とこしへの平和を願ひ破魔矢受く

年男酔ひて大志を口の端に
身ほとりを軽やかにして牡丹雪
をさな子にあまたの天使春の雪

ほのぼのと遠嶺の烟る雨水かな

フェリス女学院

学舎に節子の影や初桜

囀りの中へ長姉は旅立ちぬ

逃げ水を追うて現を遠くせり

鳥の名は知らず囀り聞きてをり

巣作りの燕眺めて臥す身かな

一連の目刺に泛ぶ波しぶき

母の日や子の息災を宝とし

健気さや浄土へ続く蟻の道

まだ飢ゑを夢にみる夫沖縄忌

魚偏多き湯呑や握り鮓

父の座を空けて父の日祝ひけり

咲き満ちて水より昏るるあやめかな

職退いて夏至の一日を持て余す

万緑や昔を今に糸取女

落とし文ひらり躱してスマホの子

双肩の汗美しきかな負け力士

覗くなと言はれて覗く蟻地獄

いまいちど鏡にうつす夏帽子

横断歩道の白線ゆらぐ油照

戦禍の碑白粉花に囲まるる

みことのり再々放送終戦忌

一村をあまねく包む蟬時雨

ペンキ屋のひと刷毛ごとに秋気澄む

枯尾花坂東太郎海に入る

散りながら咲く山茶花や童歌

落葉踏むこの音が好き山日和

火は猛り心は和む焚火かな

病む父に少し冷まして冬至粥

サンタへと書いて又消す結露かな

今宵鍋下仁田葱のとどきては

振り向きて枯野の漢山を見る

煤逃げや「芝浜」聴きて寄席に居り

あとがき

「紙と鉛筆があればいいのよ」と軽く誘われて、紙と鉛筆かと軽い気持ちと好奇心にかられ飛び込んだ俳句の世界、幾たびか溺れそうになり乍ら気が付いたら十七年も経っていました。

故・きくちつねこ主宰、松浦加古名誉主宰、高﨑公久主宰のご指導を賜り諸先輩句友に恵まれ今日に至っています。

この度これらを纏め句集を編む事にいたしました。

句集名は「みくまり」（分水嶺）といたしました。

俳句のお仲間に入れて頂き年一度の吟行旅行も楽しみの一つでした。その年の吟行旅行は奥会津から新潟に抜ける旅行と決まり、名づけて花の旅。まず現地の観光課に電話で花の見頃を確認し日程を組みました。メインは三春の滝桜。当日は晴天に恵まれ皆ほっとしていました。まず鶴ヶ城の満開の桜から三春の滝桜、でこ屋敷、三春城址の桜と堪能し、会津若松から只見線に乗り一路奥会津へと。途中会津柳津で下車、ちなみに柳津は福を運ぶという赤べこ発祥の地と知りました。会津柳津福満虚空藏菩薩圓藏寺に参拝、この日は柳津で一泊となりました。

翌朝柳津の駅までぶらぶらと散歩気分で出かけると、柳津の駅は無人駅で、駅前の桜は満開で鶯の声が降るような感じ、駅の改札はフリーパスの状態、列車は半日に二本、急ぐ旅でもなくこの状態を皆楽しみました。一時間半待ってやっと只見線に乗ると、奥会津の山にはまだ雪が残って列車から見下ろす村、家並は雪解けに濡れていました。目的の只見駅に午後三時過ぎに到着、駅舎にはあかあかとストーブが焚かれ駅前の広場にはまだ雪の山が。旅館まではタクシーでと皆考えていましたがタクシーは一台もなく途方にくれてしまいました。駅で電話をお借りして宿に迎えをお願いすると、宿のご主人が車で来て下さいました。ご主人曰く「何にもない所です、只見湖でもご案内しますか」と親切に申し出てくれ渡りに船、計らずも只見湖を一周し雪解の濁流渦巻く只見川も見ることができました。

只見駅のホームが二両編成のホームにしては長く、以前は利用客の多かった時代を偲ばせます。乗客は私達グループとあと二三人、思い思いの席に陣取り詩作に耽っています。列車は窓から手を出せば新緑の小枝に触れる山間を只見川に沿って走り、ある時点で先輩に声をかけられました、「もうすぐ分水嶺」。分水嶺、とっさに皆窓にくぎ付けになり目を皿のように見つめました。

その時花びらが水面に散りこんでいき、花びらは片や会津片や新潟と流れてゆく幻想的な眺め。〈山桜みくまりに散る行方かな〉の一句が自然にうかびました。

予後の身の私に「紙と鉛筆があればいいのよ」との友のあの言葉。軽く誘ってくれた言葉が私の俳句への分水嶺だったとつくづく思い句集名を「みくまり」と決めました。

松浦加古名誉主宰にはご多忙中にも関わらず、選句と身に余る序文を頂き衷心より御礼申し上げます。「文學の森」の皆様、お世話になり厚くお礼申し上げます。
一病を持つ私を自由気儘に俳句の世界に遊ばせてくれた夫と二人の娘には感謝いたしております。

平成二十八年三月

大石きみ子

著者略歴

大石きみ子（おおいし・きみこ）

群馬県生まれ
平成10年　「蘭」入会
平成17年　「蘭」同人
平成20年　俳人協会会員

現住所
〒211‐0022　川崎市中原区苅宿 30‐13

句集　みくまり

発　行　平成二十八年五月二十日
著　者　大石きみ子
発行者　大山基利
発行所　株式会社　文學の森
〒一六九-〇〇七五
東京都新宿区高田馬場二-一-二　田島ビル八階
tel 03-5292-9188　fax 03-5292-9199
e-mail　mori@bungak.com
ホームページ　http://www.bungak.com
印刷・製本　竹田　登

ISBN978-4-86438-528-2　C0092
落丁・乱丁本はお取替えいたします。